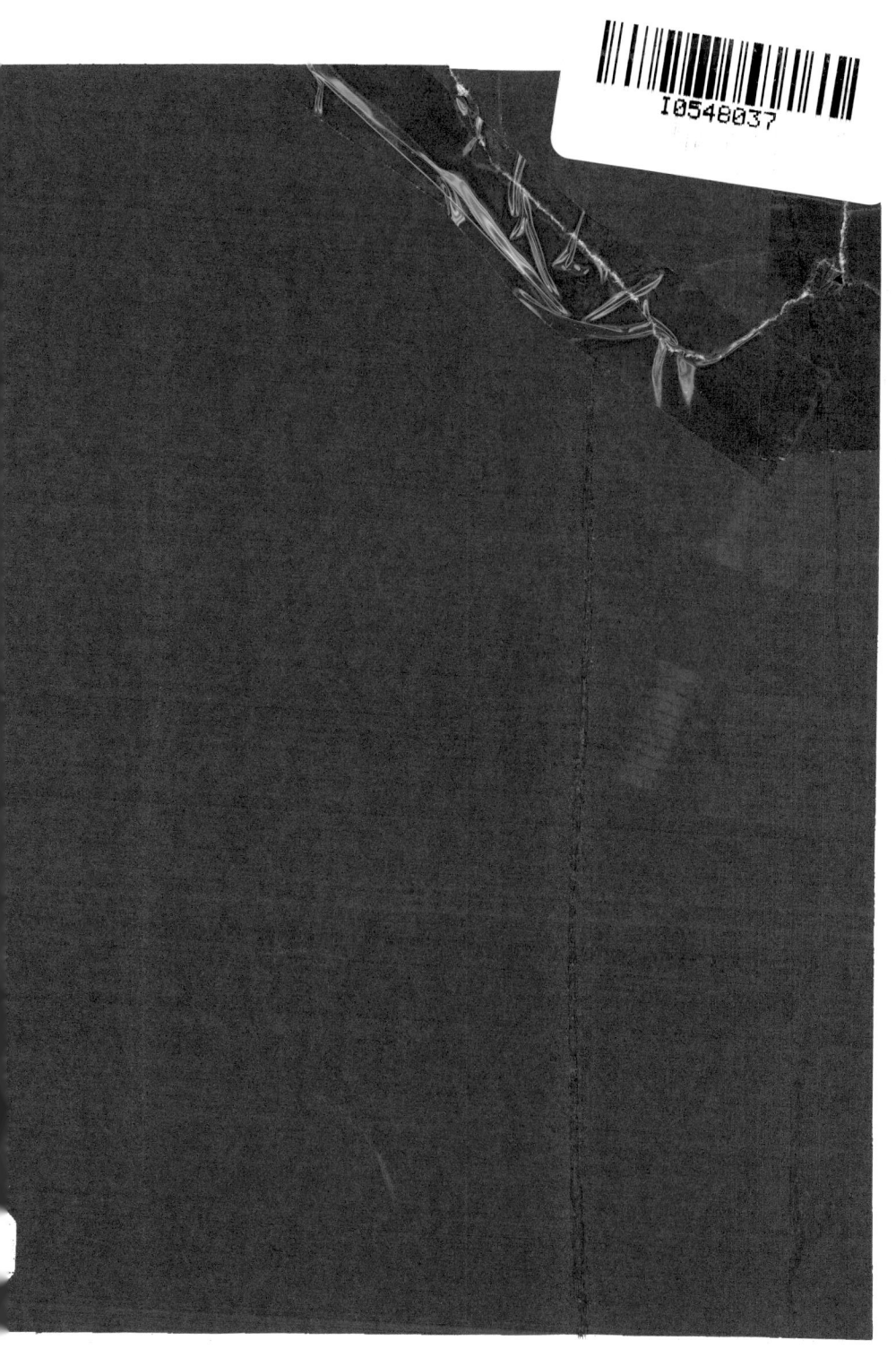

INSTITUT DE FRANCE.

ACADÉMIE DES BEAUX-ARTS.

DISCOURS

PRONONCÉS

A L'INAUGURATION DU MONUMENT

ÉLEVÉ A LA MÉMOIRE

DE

BARYE

A PARIS, SUR LE TERRE-PLEIN DU PONT DE SULLY

Le Lundi 18 Juin 1894.

PARIS

TYPOGRAPHIE DE FIRMIN-DIDOT ET Cⁱᵉ

IMPRIMEURS DE L'INSTITUT DE FRANCE, RUE JACOB, 56

M DCCC XCIV

INSTITUT DE FRANCE.

ACADÉMIE DES BEAUX-ARTS.

DISCOURS

PRONONCÉS

A L'INAUGURATION DU MONUMENT

ÉLEVÉ A LA MÉMOIRE

DE

BARYE

A PARIS, SUR LE TERRE-PLEIN DU PONT DE SULLY

Le Lundi 18 Juin 1894.

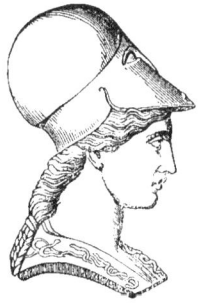

PARIS

TYPOGRAPHIE DE FIRMIN-DIDOT ET Cⁱᵉ

IMPRIMEURS DE L'INSTITUT DE FRANCE, RUE JACOB, 56

M DCCC XCIV

INSTITUT

1894. — 10.

4° 7 h. Serre

23 /o

INSTITUT DE FRANCE.

ACADÉMIE DES BEAUX-ARTS.

INAUGURATION DU MONUMENT ÉLEVÉ A PARIS A LA MÉMOIRE

DE

BARYE

DISCOURS

DE

M. LE Cᵀᴱ HENRI DELABORDE

SECRÉTAIRE PERPÉTUEL

Prononcé le 18 Juin 1894.

MESSIEURS,

Il y a près de vingt ans, à l'heure où les restes de Barye étaient déposés dans le tombeau, j'avais le triste devoir d'adresser, au nom de l'Académie des Beaux-Arts, un dernier adieu au confrère dont la mort venait de nous séparer. Aujourd'hui, c'est encore pour saluer sa mémoire que nous voilà de nouveau rassemblés ; mais, cette fois, au pied d'un monument dédié à la gloire du grand artiste, et, par conséquent, devant lequel les impressions de deuil s'effa-

cent pour ne laisser de place dans nos cœurs qu'au sentiment de la justice rendue.

Si le temps en effet a forcément calmé l'amertume des
premiers regrets, il n'a fait au contraire que stimuler ou
qu'accroître la gratitude et l'admiration publiques pour un
des talents les plus originaux, les plus robustes, les plus fon-
cièrement savants qui, dans notre siècle, aient honoré l'école
française. Où trouver, à l'heure présente, ceux qui seraient
tentés de reprendre pour leur compte, — je ne dis pas les
attaques formelles ou les dédains que le sculpteur « ro-
mantique », comme on disait jadis, avait à subir, de la part
de ses adversaires déclarés, — mais même les réserves que,
jusqu'à la fin d'une carrière si bien remplie pourtant, plusieurs, un peu plus « classiques » en réalité que de raison, croyaient encore devoir formuler? L'Académie avait
devancé le mouvement d'opinion que nous avons vu depuis
lors se produire dans le public et s'accentuer de plus en
plus. A l'époque où elle appelait Barye à occuper le fau-
teuil qui avait été celui de Houdon au commencement du
siècle, elle n'entendait certes pas plus répudier les tradi-
tions laissées par l'admirable sculpteur du *Voltaire* qu'elle
ne songeait à acheter les faveurs du parti qui, à tort ou à
raison, tenait Barye pour un des siens; elle accomplissait
simplement un acte d'impartialité clairvoyante.

Le jugement que l'Académie rendait ainsi, à une époque où il pouvait encore paraître à quelques-uns presque
compromettant, l'événement a prouvé de reste qu'il n'a-
vait en soi rien que d'absolument exact et de nécessaire.
L'accord s'est fait, et il demeurera irrévocable, entre les
opinions qui divisaient autrefois les contemporains de

Barye. Ils sont aujourd'hui unanimes, et leurs successeurs le seront aussi bien qu'eux, pour reconnaître l'éclatante supériorité de l'artiste. Qu'il me soit permis d'ajouter, — au nom de ceux qui ont eu l'honneur d'être à l'Académie ses confrères et l'heureuse fortune, comme tels, de le voir de près pendant plusieurs années, — que chez lui l'élévation du caractère égalait la force du talent. Dans la plus sérieuse et la plus haute acception du mot, Barye a été par excellence un « honnête homme », j'entends un de ces hommes au cœur et à l'esprit invariablement droits, dont la vie poursuivie jusqu'au bout sans démenti d'aucune sorte ne laisse après elle que des exemples de probité sévère et de dignité simple, en face de la bonne comme de la mauvaise fortune.

Des souvenirs de cet ordre, Messieurs, peuvent et doivent être évoqués ici, et se confondre avec ceux qui s'attachent aux beaux travaux et aux mérites exceptionnels du maître sculpteur. C'est donc à un double titre que la mémoire de notre ancien confrère s'impose aux respects des survivants, et qu'elle nous commande d'apporter devant le monument qui la consacre l'hommage de notre affection fidèle, en même temps que le tribut de notre admiration.

DISCOURS

M. GUILLAUME

MEMBRE DE L'ACADÉMIE DES BEAUX-ARTS

AU NOM DU COMITÉ

Prononcé le 18 Juin 1894.

———

MESSIEURS,

Le monument que nous élevons à Barye et que nous inaugurons aujourd'hui témoigne de l'admiration unanime dont notre grand sculpteur est l'objet. Chose qui mérite d'être hautement proclamée : pour rendre hommage à un tel artiste, on s'est trouvé partout d'accord. En même temps que nous formions un comité à Paris et que nous ouvrions une exposition dont le produit devait servir à ériger ce monument, un comité et une exposition s'organisaient à New-York dans la même intention. Et nous devons le reconnaître : tandis que nous ne réunissions ici qu'une somme relativement médiocre, on nous envoyait d'Amérique plus de 5o,ooo francs qui nous permettaient de réaliser le projet que nous avions conçu. Remercions donc nos amis d'outre-mer, et entre tous M. Walters de Baltimore et M. Lucas, zélateurs ardents de notre entreprise et ses promoteurs dans leur pays : M. Walters qui nous a apporté de plus une cotisation personnelle considérable; M. Lucas dont l'activité infatigable a tant contribué à notre commun succès. Témoignons à la fois notre reconnaissance aux conseils de la Ville de Paris et du département de la Seine aussi bien qu'au ministère des Beaux-Arts à raison du généreux concours qu'il nous ont prêté. Et réunissons, pour leur offrir l'expression de nos sentiments, la maison Barbedienne si désintéressée et tous les amateurs qui nous ont aidés à rendre notre œuvre, autant que nous l'avons pu, digne de celui que nous voulions honorer.

Quelle forme devions-nous donner à notre hommage? Messieurs, nous y avons beaucoup pensé. Certes, une statue de Barye eût présenté un vif intérêt. L'image de quelqu'un illustre a toujours le privilège de fixer utilement l'attention. On pouvait représenter de plusieurs manières l'artiste et l'homme. Soit donc qu'on l'eût figuré en plein travail dans le costume pittoresque de l'atelier, ou dans la simplicité mâle de l'habitude journalière qu'on lui voyait au dehors, on était certain d'avoir une œuvre de caractère. Mais il nous a semblé préférable de rassembler ici plusieurs de ses chefs-d'œuvre et de nous en remettre à eux de rendre au maître un témoignage éclatant. Il nous a paru qu'il y avait, en cela, une occasion de présenter un spectacle instructif pour la foule et bienfaisant pour tous. Grâce à cette conception, que le talent de l'architecte a rendue réalisable, personne

ne pourra ignorer quel grand génie était celui à qui ce
monument était consacré. En même temps qu'on lira son
nom gravé sur la pierre, on aura sous les yeux quelques-
unes de ses plus belles créations.

Et, en effet, voici le *Lion écrasant un serpent;* il date de
1832, et son apparition produisit alors une impression
profonde. Pour la première fois, le nom de Barye devint
populaire : là, a commencé sa célébrité. Puis voici deux
des groupes qui sont placés au premier étage des princi-
paux pavillons du Louvre. On peut les avoir enfin sous les
yeux. Et, pour couronner cet ensemble, le bronze agrandi
du *Thésée combattant le Centaure*, chef-d'œuvre de l'art par
lequel l'antiquité et la Renaissance sont égalées dans ce
qu'elles ont de plus parfait. Au centre, comme en un foyer,
le médaillon du maître, travail excellent, nous montre son
masque sévère, son front puissant, son œil investigateur,
sa bouche et son menton où se lisent les traits distinctifs
de son esprit : une volonté indomptable, une inflexible
dignité. Et alors on a une idée générale de son talent et de
son caractère, et on peut mieux songer à sa vie.

A vrai dire, Messieurs, cette existence est simple et, en
dehors du travail, elle ne présente pas un grand nombre
de faits. Toutefois elle mérite d'être méditée, parce que,
dans sa tenue, elle est un exemple. Mais d'abord il faut citer
quelques dates, afin de compléter celles qui sont gravées sur
le monument. Barye, né en 1796, entrait en apprentissage
à treize ans chez un graveur sur métaux. En 1812 il était sol-
dat, et six années après, à vingt-deux ans, devenu praticien
habile, il commençait à songer à l'art. Mais c'est seulement
en 1823 qu'il s'y livra tout entier, n'écoutant plus dès lors

que sa vocation et entrant dans des voies nouvelles. Aupaparavant, tandis qu'il vivait encore uniquement de son métier, il avait été élève de Bosio et de Gros. Au fond, cela importe peu, car il ne relève que de lui-même. Seulement nous apprenons ainsi qu'il s'était donné une éducation de sculpteur et de peintre. Après une longue carrière pleine de luttes et de gloire, il entrait à l'Institut en 1868 et mourait en 1875. Telle est, dans sa chronologie essentielle, la vie de Barye. Mais, en réalité, les années de cette existence se comptent par les œuvres que l'artiste a produites, et le nombre en est immense. En parlant de sa surprenante fécondité, on ne saurait assez faire remarquer comment l'enfant de Paris, le petit apprenti ciseleur, devenu un admirable ouvrier, sentit peu à peu l'ambition d'apprendre grandir en lui, et vit, au milieu d'un travail sans relâche, son génie s'éveiller. Génie fort, tout d'observation et de patience, qu'aucune contradiction n'émut jamais, et qui lutta pendant soixante ans, moins avec le désir de briller qu'avec la pensée de se satisfaire en rendant hommage à la vérité.

Quel endroit fut mieux choisi que celui où nous sommes, pour nous arrêter un moment sur un pareil sujet! D'ici, nous apercevons la Montagne Sainte-Geneviève qui le vit, tant d'années, aux prises avec la misère et le dédain. Plus près de nous, le Muséum d'histoire naturelle, théâtre de ses études et de son enseignement. Et puis, à quelques pas, le quai des Célestins, où s'est achevée sa vie pleine d'honneur. Nous embrassons du regard ces points de repère, ces stations entre lesquelles s'est exercée et partagée son activité que soutenait une résolution indomptable et qui ne fut jamais atteinte par le découragement. Sur la Montagne Sainte-Geneviève, dans ce quartier sans bruit où rien ne troublait sa méditation, il a longtemps pratiqué son art. Là nous pouvons sans peine nous imaginer son atelier et nous le figurer lui-même. Le lieu est pauvre; une lumière recueillie l'éclaire. Des morceaux d'anatomie, des moulages sur nature, sont attachés aux murailles; quantité d'esquisses et d'ouvrages déjà livrés au public couvrent des tablettes. Le maître est là, dessinant, modelant en cire ou en argile, examinant les fontes exécutées sous ses yeux, mettant, pour les ciseler, les pièces à l'étau, travaillant avec une égale supériorité de l'esprit et de la main. Il a ceint son vieux tablier d'ouvrier en bronze et, ainsi, il évoque à nos yeux la parfaite image des plus grands statuaires de l'antiquité et de la Renaissance, à la fois, comme lui, sculpteurs, fondeurs, ciseleurs, ne laissant aucune partie de leurs œuvres à la discrétion de mains étrangères; artistes complets, maîtres!

Bien plus tard, nous retrouvons au quai des Célestins Barye vieilli, toujours simple et digne, entouré de vénération. Il est au milieu de ses productions aussi soucieux que jamais de n'en laisser aucune imparfaite, les embrassant de son œil clair, les livrant comme à regret aux amateurs empressés de les acquérir et paraissant moins les leur céder que les confier à leurs soins.

Mais c'est au Muséum qu'il faut surtout d'admirer. Quelle attention pénétrante et quel ordre dans le travail! Barye observait longuement les animaux de la ménagerie. A force de les considérer, il arrivait à dégager, des habitudes que la captivité leur infligeait, leur naturel vrai. Il les remettait dans leur milieu : ceux-ci étaient ramenés à la forêt ; ceux-là au désert. Alors il les voyait clairement avec leurs allures caractéristiques, dans leur indifférence apparente sous laquelle l'instinct est toujours en éveil, dans l'action fatale de prendre leur nourriture, déployant leur tactique et leur escrime de combat.

C'est ainsi qu'il choisissait ses sujets et arrêtait ses esquisses. Mais alors commençait un autre travail : celui de l'exécution. La composition une fois décidée, Barye allait dans les galeries d'anatomie comparée. Le compas à la main, il mesurait les squelettes des animaux qu'il voulait figurer, en enregistrait les dimensions avec un scrupule extrême et reportait ces cotes sur son ouvrage ; et tant que les os, dans leur grandeur relative, n'entraient pas exactement dans sa maquette, il modifiait celle-ci et ne se déclarait satisfait que quand il avait mis son œuvre tout entière dans les conditions normales de l'espèce qu'il entreprenait de représenter.

C'est ainsi que Barye arrivait à la perfection. Dans ces conditions, ses ouvrages sont un démenti formel donné aux théories qui feraient croire qu'il est indigne de l'art de s'appuyer sur un savoir certain et de recourir à des moyens de précision ; ils sont du moins un avertissement à ceux qui disent que procéder ainsi c'est enlever aux œuvres la spontanéité, l'idéal et la vie. Quelles œuvres sont plus vivantes et plus supérieures à la réalité que celles de Barye !

Il me semble que la vérité fondamentale que le grand artiste cherchait avant tout dans ses créations, en a rendu la vraisemblance absolue. Cette vérité était, entre ses mains, une condition de beauté ; non d'une beauté temporaire et trompeuse, mais d'une excellence telle que, sans crainte d'avoir jamais à nous démentir, nous puissions l'admirer.

Ce qu'il importe surtout de remarquer ici, c'est que cette manière de procéder implique une méthode. Et en effet, observer sur la nature, comme le faisait Barye, les mœurs des animaux, connaître à fond l'anatomie, exécuter des relevés géométraux sur le squelette et sur l'écorché, tout cela constitue une pratique d'un caractère rationnel qui peut s'enseigner et se transmettre. L'employer, n'est pas porter atteinte à l'inspiration, c'est lui donner des sûretés dont elle a besoin. Il y a longtemps que des artistes, et ils sont parmi les plus illustres, ont fait de la science leur auxiliaire, les uns par l'analyse des formes, les autres en s'attachant à chercher des lois de nombres. Ces doctrines, celles des Polyclète et des Lysippe, des Léonard de Vinci et des Albert Durer, ont leur autorité. Barye leur a donné une application usuelle, et à son tour il a justifié les théories. Et s'il m'était permis d'émettre un vœu, je souhaiterais que celles-ci fussent partout mises en pratique. Ce que je voudrais encore, Messieurs, c'est que l'artiste que nous glorifions fût honoré comme un grand éducateur. Puisse le Conseil municipal, si éclairé et si juste dans la manière dont il dispense les enseignements artistiques à la population parisienne, donner à une de ses écoles le nom d'un des plus nobles enfants de cette cité, le nom du sculpteur célèbre qui, sorti du peuple, est une des illustrations les plus pures de notre pays. Et puissions-nous avoir bientôt une École Barye.

Messieurs, si l'on me demandait maintenant quel est, à

mon sens, la qualité maîtresse du grand artiste, je dirais
que c'est la force. C'est, avec l'ordre, celui des mérites du
maître sur lequel il convient surtout d'insister. Dans un
moment où tant d'esprits s'énervent, où nous sommes tra-
vaillés d'aspirations indécises, où l'on se dit volontiers déca-
dent par une sorte de dilettantisme dépravé, où, encore,
pour être mieux dans les conditions d'une fin de siècle, on
se plaît, dans les arts, à l'effacement et à la langueur, il est
bon d'exalter l'énergie dans un artiste incontesté. Chez
Barye elle est incomparable, elle est souveraine. L'être
qu'il représente, quel qu'il soit, montre qu'il dispose de
ressources extraordinaires. Le lion, le tigre qui marchent
sont formidables par leur structure et par l'idée que l'on
a de ce qu'ils seraient capables d'accomplir dans l'action.
Avant Barye, personne n'avait aussi bien traduit dans leur
caractère fatal la férocité des carnassiers qui sont créés
pour tuer et qui tuent, et la passivité gracieuse et trem-
blante des animaux faits pour fuir et qui, saisis par de
plus forts qu'eux, accomplissent ainsi leur destinée. Tous
sont rendus avec la plénitude de l'énergie vitale qui leur
est propre, tous depuis l'éléphant écrasant le tigre qui
l'attaque, depuis le jaguar qui se vautre en dévorant sa
proie, et le lion qui s'abat en rugissant sur la sienne et la
déchire,jjusqu'au cerf qui écoute, qui bondit, ou qui, ter-
rassé, brame et pleure.

Ce sentiment de force initiale n'est pas moins frappant
quand l'artiste traite la figure humaine. L'homme qu'il
sculpte, et vous en voyez ici de superbes exemples, cet
homme décèle aussi une puissance extrême. Le corps robuste
et sain, sûr de lui-même, il représente le type accompli de

notre race à l'heure où elle sortait du sein de la nature
pour la maîtriser. Aussi nous apparaît-il dans des conditions physiques telles que rien, ce semble, ne doive l'arrêter dans l'expansion de son énergie. On le contemple, et
l'idée de ce que peut l'être humain en est agrandie.

Il ne faut pas s'y tromper, Messieurs, cette manière
d'exalter l'énergie est le propre des grands maîtres. Ils sont
souverains, grâce au pouvoir qu'ils ont de donner à leurs
créations des mouvements qui, bien que vrais, ont quelque
chose de surnaturel. Cette faculté leur vient d'un surcroît
de vie qui est en eux. Les personnages que Michel-Ange
fait sortir du marbre ou peint dans ses fresques semblent
tourmentés par des idées de révolte, ils agissent terri-
blement et souvent rien que pour agir. Rubens manie la
figure de l'homme et des animaux avec une audace inouïe.
Barye, comme eux, est l'interprète d'une certaine vie idéale
toute livrée aux conflits suprêmes de la pensée et aux vio-
lences de l'instinct.

Messieurs, de pareils effets ne peuvent être obtenus que
grâce à une science formelle ; autrement l'artiste risquerait
de tomber dans le monstrueux. Plus on s'élève au-dessus
de la réalité et plus il faut être sûr de soi. Barye avait cette
suprême sûreté. Comment serait-il possible d'attaquer ses
œuvres? Par quel côté y trouver la moindre faiblesse?
L'observation de la nature y est profonde, révélatrice, le
savoir anatomique sans lacunes. Les procédés de mensu-
ration sont irrécusables. L'exécution sculpturale, mélange
de naturalisme et d'un archaïsme monumental, est, jusque
dans les moindres ouvrages, pleine de grandeur. Jamais le
sujet n'est choisi en dehors de la sphère qui lui convient.

Dans les animaux, rien d'humain; dans l'homme, rien de bestial qui le rabaisse. Nous pouvons en être certain, ni l'artiste, ni le naturaliste n'y trouveront jamais à reprendre. Fait significatif et rare, et que je me plais à proclamer : nous présentons, en toute assurance, l'œuvre de Barye à l'admiration de la postérité.

Mais ce n'est pas encore assez pour nous de rendre hommage au grand statuaire, n'oublions pas que, chez lui, il y a un homme digne de tous les respects. Dès ses premiers pas dans la carrière, il semble avoir senti sa conscience s'émouvoir en présence de son travail d'artiste. Ne voulant rien négliger pour que son œuvre fût parfaite, il porta dans son labeur les scrupules d'un savant. Il voulut savoir tout ce qui était de nature à l'aider dans sa tâche, et le savoir de science certaine ; il eût considéré qu'ignorer ce qui pouvait s'apprendre, c'eût été manquer à l'honneur. Aura-t-il étendu le domaine des obligations morales de l'artiste ? Je le crois. Mais, en tout cas, il a pensé que science et conscience sont des conditions essentielles pour arriver à la perfection ; et dans ses chefs-d'œuvre éclate, associée à la splendeur des beautés plastiques, une incomparable probité.

Monsieur le Président du Conseil municipal, Monsieur le Préfet, au nom du comité qui s'est formé pour glorifier Barye et au nom de ses admirateurs des deux mondes, je remets ce monument à la Ville de Paris.

Paris. — Typ. Firmin-Didot et Cⁱᵉ, imp. de l'Institut, rue Jacob, 56. — 31366.

www.ingramcontent.com/pod-product-compliance
Lightning Source LLC
Chambersburg PA
CBHW061509170626
46811CB00004B/1673